San Bernardo

Marc, Yuna y Adriel, sonreíd y saltad sobre todos los charcos que encontréis en el camino.

Susanna Isern

Para Teo, mi pequeño saltimbanqui.

Maria Girón

© 2017 texto: Susanna Isern
© 2017 ilustraciones: Maria Girón
Primera edición en castellano: octubre de 2017
Maquetación: Maria Girón
© 2017 Takatuka SL, Barcelona
www.takatuka.cat
Impreso en Novoprint
ISBN: 978-84-16003-81-5
Depósito legal: B 19416-2017
Con el apoyo del Departament de Cultura

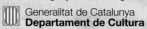
Generalitat de Catalunya
Departament de Cultura

Nueve FORMAS de NO pisar un CHARCO

texto de
Susanna Isern

ilustraciones de
Maria Girón

TakaTuka

La tormenta ha amainado. Tras la lluvia, refresca y la calle huele de una manera especial, los caracoles sacan la cabeza y a algunos pájaros les da por cantar.

Hace un día **estupendo**. Un momento **fantástico** para ir a pasear con tu ropa nueva.

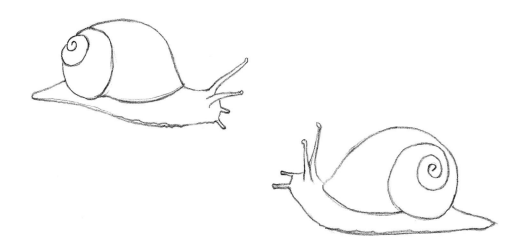

El PROBLEMA comienza cuando descubres que la calle está repleta de charcos. Pero tus zapatos relucientes y los calcetines blancos no pueden suponer un obstáculo para alguien como tú.

Existen formas muy variopintas de NO PISAR un charco.

1 ESQUIVARLO TAPÁNDOSE OJOS Y OÍDOS

Esta es la más **sencilla**,
aunque para qué nos vamos a engañar,
también la más **aburrida**.

Consiste en ignorar el charco. Él te llamará insistentemente
(no hay que olvidar que lo que más le gusta a un
charco es que te caigas en él). Pero tú deberás
ser **FUERTE** y pasar de largo, esquivándolo.
Cuanto más te alejes, mejor.

* Nota: Unos tapones para los oídos y un antifaz
te vendrán fenomenal. Si no llevas unos contigo,
otra opción es cantar muy alto y taparse los ojos
con las manos. Sea cual sea tu elección, te recomiendo
que escojas un momento en que no haya testigos.

2 LA TÉCNICA DEL COMPÁS

De acuerdo: hay formas **más divertidas** de no pisar un charco.

Aunque ten en cuenta que conllevan cierto **riesgo**.

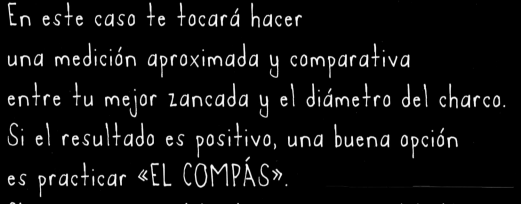

En este caso te tocará hacer
una medición aproximada y comparativa
entre tu mejor zancada y el diámetro del charco.
Si el resultado es positivo, una buena opción
es practicar «EL COMPÁS».
Clava un pie en el borde más próximo del charco
y estira la otra pierna hasta la orilla de enfrente.
La matemática nunca falla.

* Nota: Si no te gustan las mates y
los números bailan en tu cabeza,
ten mucho cuidado con esta técnica.

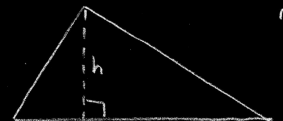

$\pi = 3,14$

3 EL SALTO DE CANGURO

La siguiente forma implica **hacer un poco el animal**.
Primero asegúrate de que el charco es
asequible para ti. (Si después de ver la película
de Superman crees que puedes volar,
vamos mal). Junta los pies cerca
del agua, flexiona las rodillas,
toma impulso y... ¡SALTA!
Si saltas como un auténtico
canguro australiano,
el charco no será un obstáculo.

* Nota: Existe un *truco* que te ayudará
a efectuar un buen salto. Imagina un cohete a punto
de explotar junto a tus pies y seguro que pegas
un bote de campeonato. Garantizado.

4 LA TABLA-PUENTE

Hay charcos más grandes que requieren
algo de ingeniería.
Hazte con una tabla lo bastante larga
y ancha como para usarla a modo de puente.
Fíjala bien, extiende los brazos y crúzala,
con cuidado, como si bajo ella se encontrara
un inquietante precipicio.

* Nota: Si lo del precipicio no te funciona,
prueba a imaginar un oscuro pantano de hambrientos
cocodrilos haciendo repicar sus colmillos como castañuelas.

5 EL CAMINO DE PIEDRAS TIPO RÍO

Otra manera de no pisar un charco más bien grande es colocar piedras, de un tamaño adecuado, estratégicamente. Antes de pasar, es recomendable asegurarse de que están bien ancladas en la tierra y, sobre todo, de que no resbalan. Si tuvieras un traspié, podrías romperte la crisma.

* Nota: Si no encuentras piedras, puedes valerte de otro tipo de objetos: una cacerola, el transportín del hámster (no olvides sacarlo antes), el portátil de mamá (seguro que no le importará)...

6

LA BICICLETA DEL VECINO

La forma **más práctica** de no pisar un charco
es atravesarlo en la bicicleta del vecino o vecina.
Acomódate en el portaequipajes.
Cuando cruce el charco,
levanta bien las piernas...
Y ya está, otro charco superado.
Cuando lo hayáis cruzado,
puedes regalarle una **piruleta**.

* Nota: Si recurres a esta técnica, no
te olvides de que luego te tocará echar
una mano con la limpieza de la bicicleta.

7 EL SAN BERNARDO

No es tan descabellado encontrarse en el camino un San Bernardo (yo me suelo encontrar varios cada vez que salgo de casa). Si se da el caso, puedes cabalgar sobre su lomo. Cuando cruce el charco, simplemente intenta que vaya despacio, no te salpicará ni una gota de barro.

* Nota: Si es un auténtico San Bernardo, recién llegado de los Alpes, es posible que lleve un barrilete atado al cuello. Si estás de suerte, después de ayudarte a cruzar, quizás te obsequie con un chocolate caliente.

8 EL COLUMPIO

Esta es la favorita de los **soñadores**.

Busca un columpio. (Esto no te resultará complicado.
Por algún extraño motivo, los mayores se empeñan
en construirlos encima de los charcos). Súbete al asiento
por un lado y comienza a balancearte elevando un poco
los pies para no tocar el agua. Cuando hayas alcanzado
la altura suficiente como para superar el charco... ¡SALTA!
¡Por unos instantes creerás estar **volando**!

* Nota: Un viaje en columpio es el momento
ideal para soñar despiertos. Eso sí, antes de saltar,
pellízcate para cerciorarte de que no te has dormido
con el vaivén. Si efectúas un salto demasiado grande,
puedes acabar en el siguiente charco.

EL EQUILIBRISTA

9

A veces te encuentras charcos que ocupan todo el ancho del camino. Son tan grandes que parecen LAGOS. La mejor forma de pasarlos es hacer de equilibrista de circo y caminar, como si te fuese la vida en ello, por la cuerda floja.

Esta estrategia puede ser un problema si pierdes el equilibrio con facilidad. Y si encima te despistas viendo pasar una mosca... es posible que te caigas.

¡CHAAAAF!
¡CHOOOOF!

Tus zapatos relucientes, tus calcetines
blancos impolutos y tu ropa nueva se tiñen
en el agua fangosa. El barro también ha trepado
hasta tus pestañas e incluso cubre tu pelo.

Sin poder evitarlo, arrancas a llorar.
Y lloras mucho, desconsoladamente.
Pero, de repente, en medio del sofoco, notas
decenas de gotas de agua cayendo sobre ti.
¿Será que vuelve a llover?

Junto a ti, salpicándote,
ves al vecino reír, cantar, gritar...
Al principio crees que lo hace para molestarte.
Pero no es así. Simplemente salta, feliz,
en un CHARCO GIGANTESCO.

Y lo que es mejor, te das cuenta de algo:
¡esta es la oportunidad de tu vida!
Te levantas, tomas impulso y SALTAS.

Saltas muy alto.
Saltas como si no hubiese mañana.
Saltas hasta el anochecer.

Es posible que existan más formas
de no pisar un charco, pero yo que tú
las dejaba para otro día. Ahora lo mejor
es que regreses a casa saltando sobre
TODOS LOS CHARCOS.

Sí, ya sé en lo que estás pensando: en la cara que pondrán tus padres en cuanto te vean llegar de esa guisa. Seguro que se les escapa un grito de aquellos que hacen temblar la tierra y vacían todos los charcos (por eso es mejor que aproveches). Después, lo más probable es que te lleven en volandas hasta la bañera.

Pero, mira, ¿sabes lo que te digo?:

¡QUE TE QUITEN LO SALTADO!

* Nota final: Por si no lo sabías, existen unos complementos ideales para la ocasión llamados chubasquero y botas de agua.